明
室
Lucida

照亮阅读的人

Jim Morrison

THE LORDS
AND
THE NEW CREATURES

吉姆·莫里森
诗集

［美］吉姆·莫里森 著　　董楠 译

北京联合出版公司
Beijing United Publishing Co.,Ltd.

图书在版编目（CIP）数据

吉姆·莫里森诗集 /（美）吉姆·莫里森著；董楠译 . —北京：北京联合出版公司，2022.7
ISBN 978-7-5596-6179-1

Ⅰ .①吉… Ⅱ .①吉… ②董… Ⅲ .①诗集－美国－现代 Ⅳ .① I712.45

中国版本图书馆 CIP 数据核字 (2022) 第 077136 号

吉姆·莫里森诗集

作　者：[美] 吉姆·莫里森
译　者：董　楠
出 品 人：赵红仕
策划机构：明　室
策划编辑：赵　磊
责任编辑：龚　将
特约编辑：赵　磊
装帧设计：山川制本 workshop

北京联合出版公司出版
（北京市西城区德外大街 83 号楼 9 层　100088）
北京联合天畅文化传播公司发行
北京市十月印刷有限公司印刷　新华书店经销
字数 49 千字　787 毫米 ×1092 毫米　1/32　4.5 印张
2022 年 7 月第 1 版　2022 年 7 月第 1 次印刷
ISBN 978-7-5596-6179-1
定价：42.00 元

目　录

译　序

　　诗人通过长期、广泛和经过推理思考的过程，打乱所有的感觉意识，使自己成为通灵者。包括一切形式的爱、痛苦、疯狂；他亲自去寻找自身，他在他自身排尽一切毒素，以求保留精髓。在不可言喻的痛苦的折磨下，他要保持全部信念，全部超越于人的力量，他要成为一切人之中伟大的病人，伟大的罪人，伟大的被诅咒的人，——无比崇高的博学的科学家！——因为他要深入到不可知！他培育他的心灵，使之丰满富足，比任何人都要丰满富足！他进入不可知境界，这时，他在迷狂状态下，失去对他所见景象的理解力，真正有所见，真正看到他的幻象！就让他在这些闻所未闻、无可言状的事物中翻腾跳踉以至死去：另一类可怕的工人将要到来；他们将从这个人沉陷消亡的地平线上开始起步！

——阿蒂尔·兰波[*]

（一）肖像

海报上的偶像：英俊潇洒的叛逆青年，总是身着一袭黑色皮衣；火焰般的长发卷曲着，随意地披散在背后；生动的脸轮廓鲜明；深邃迷离的双眼饱含着忧伤，又常带着些许

---

[*] 此部分译文引自：兰波，《彩画集》，王道乾译，上海：上海译文出版社，2012年。——本书脚注皆为译注

放荡；迷人的双唇紧闭着，偶尔会露出一个神秘而诱人的笑容。

吉姆·莫里森，"大门"乐队主唱，1966 至 1968 年美国最耀眼的摇滚明星和性感偶像之一。舞台上的他是一个极富魅力和危险性的人。他会用双手抓住麦克风，仿佛对它倾诉，随音乐摇摆着穿着黑色皮衣的身体，前奏或间奏的时候，他会慵懒地斜倚在麦克风上，静静地酝酿感情，间或在台上走动、摇摆，吟诵出几句缥缈如来自云端的诗句。你会感到这真是一个如天鹅绒一般温和镇定的人。

然而这只是为突然的爆发积蓄力量，一旦漫长的前奏或间奏告一段落，音乐转为急促，鼓点不祥地加快，键盘的呻吟明亮到迸发，热烈的吉他催促着他张口，他便会如同一头豹子一般，迅捷地扑在麦克风上，以略带沙哑的低沉、狂放的声音，带着真正的受伤的野兽般的神情唱出他的歌；夜晚的空气如黑色火焰般燃烧升腾，他的面目因难以抑制的激情或愤怒而扭曲狰狞，他的情绪可以感染每一个人。他会友善地对观众们微笑，会挑逗地把话筒递向痴迷地站在台边的女孩子，会充满柔情地唱出诸如"我将永远爱你，直到天空不再下雨"之类的标准情歌，也会在长久的平静后突然爆发出一声仿佛来自灵魂最深处的痛楚号叫。或者突然全身抽搐，倒在台上，好像昏厥过去一般。在那短暂的时间里，他的光芒犹如一颗爆裂的新星，刹那间燃亮天宇。

诗人的肖像：忧郁而高贵的前额，挺直的鼻梁，深邃忧伤的双眼洞察一切般直视远方。是的，你不会把这样一张脸同其他职业联系起来，这无疑是一幅诗人的肖像，这个宁静而富于诗意、宛如刚刚从一尊石膏像底座上走下来的青年是一个真正的诗人。

他穿着式样典雅的黑色皮衣或白色衬衫，那副优雅而慵懒的样子俨然是一位翩翩浊世佳公子，带着与生俱来的高贵气质，使人感到如果他不是来自古希腊或文艺复兴时期的威尼斯或佛罗伦萨，至少也应该来自19世纪法国的诗歌沙龙。

不难想象，这个青年自小就博览群书，渴求知识，不懈地书写属于自己的文字。事实上，他终生都未停止过阅读和写作。他中学时就开始读兰波和波德莱尔的诗、垮掉派文学，乃至尼采的哲学与荣格的心理学著作。他在大学时写的心理学论文甚至被导师评价为"足以用来申请博士学位"（当然，难免带一些夸张成分）。他总是随身带着笔和本子，随时写下一行行诗句，甚至会突然中断和别人的谈话，把突发的灵感记在本子上，他把这叫作"做点笔记"。即使在乐队最辉煌、最忙碌的那段时间，他也从未停止过写作。

这个舞台上的狂人在生活中常常沉默，甚至可以说他是一个羞涩而沉默寡言的人。他用大部分时间观察和思考周围发生的事情。他在自己身上捆缚沉重的铅块，只是为了深入到心灵危险的深海，去探寻那潜伏于冰山一角之下的其余7/8。这个迷狂的人伸长了手臂在黑暗中摸索着，搜集着潜意识那光怪陆离的碎片。回到现实的世界后，他眼睛里还带着迷醉，手里还紧紧握着他珍贵的财富，那些幻境的碎片、真理的折光、本原的残响、他历经险境得来的宝贵种子。这个不知恐惧、不知疲倦的人把它们举向阳光，吃力地试图分辨它们的颜色和形状，任由自己的眼睛一再被灼伤。然后他把这些从心灵地狱盗来的火的种子播撒在诗歌的土壤里，在短暂的一生中，他始终为它歌唱。

偶像的黄昏：凌乱的长发，浓密的络腮胡子，浮肿发胖的脸，下垂的肚子……人们几乎辨认不出，这就是他们曾经的偶像。身穿皮衣，如一匹狼一样敏锐迅捷的蜥蜴之王。然而这是真的！这就是1969年之后吉姆·莫里森的肖像。

放荡的生活加上刻意的不事修饰，当年的性感偶像变得肥胖、邋遢，成了一个如同垮掉派诗人的家伙。他看上去容颜苍老，如同40岁上下，头发有一些已经开始变灰，小腹上的赘肉开始从低腰皮裤中露出来，他只好把衬衫拉到裤子外面来掩饰。更糟糕的是，制作人保罗·罗斯柴尔德说，酗酒已经损坏了他的声音。吉姆·莫里森，蜥蜴之王，伟大的歌手，竟然最终以这样一种方式走出了偶像的阴影，缺乏美感，富于讽刺意味，却又极为惨烈，以至于带着某种悲剧色彩。

照片上的脸平静安详，甚至带着一点顽皮的孩子气，在这张面目全非的脸上，只有双眼深邃如昔。这个一生都生活在自己阴郁思想中的人早已用某种奇异的方式预感到了自己的死亡。"哦，伟大的造物，再赐予我们一小时的时间，"这个自知将死的人抬起手臂向上苍请求，"让我们完成我们的艺术，使生命更完美。"然后他离去，永远……

让我们再一次长久地看着这张面孔。歌手、偶像、诗人。狂野和宁静，神秘和单纯，高贵的气质和鄙俗的哗众取宠，深沉的痛苦和简单的快乐……种种相反的特质奇妙而完美地融合在这张脸上。当音乐结束的时候，当一切都结束的时候，我们仿佛还看到他在火焰上起舞，轻盈、狂热、神秘、激烈。从这张脸上人们似乎看到了某种熟悉的东西，人们似乎看到了一张从远古以来就熟悉的脸，人们惊呆了，他们不敢把那个具有魔力的名字说出来。是的，这就是狄俄尼索斯的面孔，人们最终在这个面孔上看到了——酒神。

（二）人生的盛宴

有些人的生命如同一条长河，绵延不绝，不舍昼夜地向前奔流，虽然会遭逢山峦、溪谷、浅滩、峭壁，但总是会顽强地流淌，流淌下去。它会改变方向，会分成许多支流，会汇入湖泊江海，会渗入地下，甚至会因暂时的枯竭而停下脚步，但决不会消失，不知什么时候又会带着涓涓的水流和活泼的生气，重新出现在人们面前。

鲍勃·迪伦！米克·贾格尔！保罗·麦卡特尼！是的，这些 20 世纪 60 年代神话的缔造者和幸存者们，他们的生命就如同这些令人尊敬的顽强的河流，始终不屈地延续着。他们业已变得苍老的声音至今还时时在乐坛上响起，带给人们感动、惊喜，有时也会有遗憾和叹惋。但不管怎样，人们还是满怀景仰地望着他们，试图从那些溅起的浪花和涟漪中辨认出来自曾经声势无比浩大的磅礴源头的消息。

　　吉姆·莫里森却显然是另一种人。他的生命如同荒原上的烈火，种子在沉默中被播撒，青草在风中蓬勃繁茂地生长，充满活力和生机。然而这只是为了酝酿一场空前绝后、毁灭一切的大火。仿佛就在刹那，珍贵的火种被投进去了，一触即发，随风而起，无比壮观。那是一场真正的火的海洋，腾空而起的火焰在原野和天宇之间盘旋飞舞。人们甚至都来不及做出反应，他们唯一能做的事就是为之震惊，继而赞叹崇拜。然后这场熊熊大火就如同燃起时一般突兀地寂灭，只留下一片广袤的焦土。但关于火焰的记忆已同被灼伤的视网膜一起深深地铭刻在人们的脑海之中；大火最终成为神话。

　　吉姆·莫里森原名詹姆斯·道格拉斯·莫里森，于 1943 年 12 月 8 日出生在美国佛罗里达州的墨尔本市，他的父亲是当时美国最年轻的海军上将。小詹姆斯还有一个妹妹和一个弟弟。

吉姆·莫里森的少年时代或许会令人想起他本人最崇拜的人之一：法国象征主义诗人阿蒂尔·兰波。他们一样早慧而早熟，一样敏感而热情洋溢，一样背叛了出身军旅的父亲和温暖的家庭，一样对身周的世界充满怀疑，充满叛逆精神，当然也同样热爱诗歌与艺术。14岁的时候，天才少年兰波就已写下才气横溢的诗句；而吉姆·莫里森在十几岁的时候就已经熟读《尤利西斯》等以晦涩著称的名著，以及兰波、魏尔伦等人的诗集。他写下自己的日记和短小的诗句，敏锐地观察并思索着周围的一切，渴望着自由的人生。

高中毕业后，吉姆·莫里森进入圣彼得堡大学就读，一年后转学至佛罗里达州立大学。在那期间，音乐第一次化身为"猫王"埃尔维斯·普雷斯利，把火种投入了他不知节制的年轻心灵。他开始喜欢上广播里的摇滚乐，并且终生都热爱普雷斯利"性感，成熟的声音"。

1964 年，吉姆·莫里森转入加利福尼亚大学洛杉矶分校(UCLA)的电影学院学习。他整日泡在图书馆里，和朋友们无休止地讨论形而上学、文学与电影美学。此后，尽管他这方面的才华始终没有得到充分施展，但电影一直是他的爱好和抱负，它同样陪伴他到生命的最后一刻。

1965 年的夏天，到了毕业的时间。吉姆·莫里森交出的毕业作品是一部混合了性、纳粹阅兵、尼采的哲学思想和凌乱晦涩的诗歌的怪异之作，根据他自己的说法，是"一部质疑电影拍摄过程的电影……一部关于电影的电影"。这个作品最终只获得"D"的成绩，并被拒绝在毕业放映会上播放。

　　毕业后的吉姆·莫里森带着睡袋、笔记本和收音机辗转在几个朋友家中，以空前的狂热和勤奋创作出大量诗句，与此同时开始尝试写歌。这一天，他在海滩邂逅校友——才华横溢、兼通古典乐与爵士乐的键盘手雷·曼泽里克，在后者的鼓励之下，莫里森略带生涩地唱了一首自己创作的歌曲《月光之旅》（"Moonlight Drive"），曼泽里克为这首只具雏形的歌所孕育的巨大才华感到震惊，两人决定组一支乐队（这个故事是摇滚史上最受珍爱的纯洁神话之一）。乐队的名字"大门"（The Doors）来自威廉·布莱克的诗句"如果知觉之门得到净化，万事万物将如其本来面目般层出不穷"——莫里森喜爱的阿道斯·赫胥黎的《知觉之门》（*The Doors of Perception & Heaven and Hell*）一书中也引用了这句诗。其后加入的是吉他手罗比·克里格与鼓手约翰·登斯默。这个四人阵容一直保持到吉姆·莫里森逝世。

1966 年，磨合出最初一批作品之后，乐队开始在洛杉矶的大小酒吧里演出。其中最有名的事件便是在威士忌 A Go-Go 酒吧，莫里森在《终结》（"The End"）一曲中唱出了大逆不道的俄狄浦斯式歌词"父亲，我要杀了你，母亲，我要……"，乐队从此被大为光火的酒吧老板拒之门外。好在他们不久后便与洛杉矶本地的小唱片公司伊莱克特拉公司签约，录制了首张专辑《大门》（*The Doors*）。

吉姆·莫里森富于诗意和哲学色彩的歌词，对歌曲充满戏剧性和张力的演绎与三位乐手淋漓酣畅的音乐完美结合，成为"大门"的特色。专辑中最著名的曲目包括激情燃灼的《点燃我的火》（"Light My Fire"）以及史诗般的《终结》，它们令"大门"从本地酒吧走向全国，从口口相传的谣言一跃而为活着的传奇。同年，乐队推出了几乎同样精彩、充满诗意的第二张专辑《奇异的日子》（*Strange Days*）。1968 年，乐队推出了第三张专辑《等待太阳》（*Waiting for the Sun*），虽然风格略显杂凑零散，但其中亦不乏亮点，成为乐队在排行榜上取得最好成绩的专辑，在此前后的一系列现场演出更令乐队达到流行乐的顶峰。

（三）音乐结束之时

然而，成为摇滚明星并不是吉姆·莫里森的愿望。内心的魔鬼驱策他永无餍足，狂醉的狄俄尼索斯一刻不停地迫使他在追求超越的路途上走得更远。和那个年代的许多摇滚乐手一样，他酗酒、使用迷幻药物、性格恣纵而难以预测，短短的几年摇滚生涯留下了诸多骇人听闻的逸闻。

1969 年 1 月，发生了著名的"迈阿密事件"。即便在充满混乱与荒诞的摇滚乐历史上，也罕有这样鲁莽与噩运的完美结合。吉姆·莫里森不再满足于夜复一夜唱着《点燃我的火》，而不能把观众们带领到他所渴望的超越境界，他期望新的突破与尝试。

在醉酒和阴郁的心境下，面对向他欢呼的人群，他告诉他们："你们是一群白痴！竟然让别人告诉你们该干什么！让别人摆布你们到处走！你们这样还要多久？你们还要让这样的事持续多久？你们还要被别人摆布多久？你们也许喜欢这样，你们也许喜欢被摆布。你们也许爱这样，你们也许把脸埋在屎堆里。你们都是一群奴隶。"人们报以欢呼、大笑，觉得这是演出的一部分。随后这个自诩"领袖，小丑和诗人"的歌手宣称要向观众露出自己的生殖器（至于它有没有真正被暴露出来，现场的人有不同说法，至今未有定论，这亦是笼罩在"大门"之上重重迷雾的一部分）。之后，在诸多混乱芜杂的政治与社会因素的影响下，这一事件始料不及地被扩大，"大门"的许多演出遭到取消，莫里森深陷诉讼，无法自拔。

1969年7月，乐队推出了第四张专辑《软弱的游行》（*The Soft Parade*），松散的编配和管乐组的加入令乐队迷失了自己的风格，成为"大门"公认较为失败的一张作品。

之后的历程为传奇写下略带疲惫的结尾，噩兆的阴云笼罩在每一个人的头顶，他们模糊地看到终点即将迫近，但没有人有能力或意愿把它说出口。这中间有过起伏和回光返照的时刻——1970年，乐队推出了《莫里森旅馆》（*Morrison Hotel*），紧凑流畅的编配向布鲁斯曲风归复，乐队似乎重又找到了方向。1971年，乐队推出了专辑《洛城女人》

（*L.A.Woman*），其中同名歌曲《洛城女人》和《暴风骑士》（"Riders On the Storm"）两首史诗般的作品令人想起第一张专辑时那个最好的"大门"。

但最后的终结还是无可避免地到来。莫里森带着被酗酒拖垮的身体、满身官司和对摇滚乐彻底失望的心绪，带着女友和酝酿中的诗歌与电影计划逃到巴黎。在那里，他曾与之凝视、对峙并挑战多年的死神最终收获了他。1972 年 7 月 3 日，他因心脏病发作，在公寓的浴缸里去世。音乐结束了，但灯光并未随之熄灭。他在拉雪兹神父公墓的墓地多年来成为歌迷们的朝圣之地，甚至有人称其为凡尔赛宫、巴黎圣母院、埃菲尔铁塔之外巴黎的第四大景点。"大门"的音乐半个世纪以来也一直为一代代人聆听。

（四）所谓摇滚诗人

吉姆·莫里森短短 27 年的人生，只在"大门"乐队留下了七张正式录音室作品 [包括他生前录制朗诵，去世后由"大门"其余三位成员配乐的《美国祈祷》（*An American Prayer*）]，不到 100 首歌。然而他的歌词创作却使他足以同鲍勃·迪伦、莱昂纳德·科恩、卢·里德等创作丰富的歌手兼词作者一样，被誉为"摇滚诗人"。

和鲍勃·迪伦一样，吉姆·莫里森也是 20 世纪 60 年代将诗歌引入流行音乐歌词的先驱者。而他还试图在歌词中融入他所熟悉的存在主义哲学、荣格精神分析学以及他曾大量研读的认知心理学。其中既包括《终结》、《当音乐结束之时》（"When The Music Is Over"）等最为著名、50 年来为一代代歌迷所聆听的史诗般宏大的歌曲，也不乏凝练的短作。兰波诗歌的英译者、文学教授沃伦斯·弗利甚至认为，"大门"乐队首张专辑中三首较为短小的歌曲《灵魂厨房》（"Soul Kitchen"）、《夜之尽头》（"End of the Night"）、《顺其自然》（"Take It as It Comes"）可以同兰波的短诗《穷人的梦想》（"Le Pauvre songe"）相提并论。而现场演出中，在乐队其他三名成员的配合下，"大门"最好的演出更是如同尼采在《悲剧的诞生》中描述的日神与酒神的戏剧般激动人心。

具有文学才华的摇滚歌手出版诗集乃至小说等其他类型的文学作品绝非罕见，然而与其他人不同的是，吉姆·莫里森非常严格地将他的歌词与诗歌创作区分开来，甚至是刻意将他的歌手身份与诗人身份隔离开来。在他生前仅有的正式出版的两本诗集《众神》与《新生物》（1969 年首版，后被合为一册，即本书的英文版）中，他的署名是"詹姆斯·道格拉斯·莫里森"，而不是他作为摇滚歌手更为人熟知的"吉姆·莫里森"，他近乎偏执地希望自己的诗歌作品得到独立、客观的评判，不希望它们"沾染"自己的明星光环。

吉姆·莫里森去世后，一些忠诚的朋友一直致力于发掘、整理他的诗歌遗作。他们的成果第一卷名为《荒野》（*Wilderness*），1988 年出版后立即成为《纽约时报》畅销书。第二卷名为《美国之夜》（*The American Night*），于 1990 年出版，也获得了成功。此外，一些他生前录制的诗歌磁带，以及在巴黎时期的写作也被陆续发现并公之于众。这些诗歌虽然大部分都具备相当水准，但毕竟属于"被背叛的遗嘱"，未曾经过诗人本人的编纂和最终首肯。能够代表莫里森本人意愿，乃至他诗歌创作最高水准的，依然只有这本《吉姆·莫里森诗集》。

《众神》的大部分是吉姆·莫里森在

UCLA 电影学院就读期间创作完成的，甚至有点像是学位论文或者课题论文的解构，或是对一篇更大型文章的压缩与提炼，形成对电影、镜头、视觉、视角乃至偷窥的独特见解，带有哲学和思辨色彩。除此之外，莫里森在短小简练的诗句中还表现出惊人的处理信息的能力和技巧。

《新生物》则是节奏紧凑的意象派诗歌。可以看出威廉·卡洛斯·威廉斯和埃兹拉·庞德的影响，既有前者的杰作《红色手推车》（"The Red Wheelbarrow"）的节奏和质感，又有后者的《在地铁车站》（"In a Station of the Metro"）的简练含蓄。但它的题材更多时候是幻想和超现实主义的，有时仿佛在描绘后末日式的世界，有时似乎在描述某个不存在的古代部落，同时又带有一丝古典神话的味道。

那么，如果真正以诗人而非摇滚明星的

标准来要求，这本诗集的价值究竟如何呢？

对这个问题最有发言权的或许要算吉姆·莫里森的好友、垮掉派诗人迈克尔·麦克卢尔。他是最早读到《新生物》的人之一，也正是他鼓励莫里森出版自己的诗集。

他曾说：

"我认为吉姆可能在文学方面受过扎实、传统、良好的教育。他脑海里有'二战'后诗歌整体的一个广大、稳固、扎实、实用、富有想象力的生动画面，以及对 20 世纪诗歌的生动实用的理解，还有对 19 世纪诗歌的整体认识……我认为他不是一个已经成熟的艺术家，而是一个独特的、完全成型的年轻艺术家，正准备开始职业生涯。"

在一次采访中，他更是说："我不是说吉姆是最好的，我只是说，没有更好的诗人了，他那个时代有很多优秀的诗人，我不是能下断言的人，但我要告诉你们，没有更好的诗人了。"这番话固然带有偏爱和溢美的成分，但无疑是一个诗人为英年早逝的同行献上的最高认可、赞美与哀悼。

　　诚然，硬要把作者本身的身份、个性、经历和作品割裂开来，亦是虚伪和不公平的。这本小小的诗集如今早已成为摇滚明星吉姆·莫里森传奇的一部分。然而，如果仅仅把它视为初出茅庐的年轻诗人詹姆斯·道格拉斯·莫里森鼓足全部勇气，带着纯粹的清高和自尊，向职业诗坛发起的第一次冲击和挑战——也是他短暂人生中发起的最后一次挑战——这些诗句仍然如同一颗精美的宝石，时隔半个世纪，依然闪烁着美与自由的幽暗微光。

众神

The Lords

*

看着我们礼神的地方。

*

　　"玩家"——它可以是孩子、演员与赌博者。孩子和原始人的世界里没有"机会"的概念。赌博者也觉得自己受到奇异力量的摆布。"机会"是现代都市里幸存的信仰形式，戏剧亦然，不过通常还是电影，这是一种关于灵魂附体的信仰。

*

当人们构思建筑，

把自己关闭在小屋之中，

第一批树林与洞穴。

（窗子是双向的，

镜子是单向的。）

你永远无法走入镜子

或是游过窗口。

*

鸟儿或昆虫如果误闯进房间，就会找不
到窗口。因为它们不知道什么叫"窗口"。

黄蜂悬停在窗前
卓越的舞蹈家
超然，没有意图
进入我们的屋子。

枯萎的困境之屋
一只绿色的灯盏
以肿胀的肉体制成
在灯下阅读爱的词汇。

*

基纳斯顿 *的新娘

可能不会出现

但她肉体的气息

从未走远。

---

* 或指爱德华·基纳斯顿（Edward Kynaston，1640—
1706），英国男演员，以在王政复辟时期的喜剧中扮
演女性角色出名。

*

晴朗炽热的白色

城市的正午

瘟疫区的居民

被毁灭。

（圣安娜*是来自沙漠的风。）

打破栅栏，溅起水沟里的水花。

寻觅水源与潮湿，

演员的"湿润"，爱人。

---

* Santa Ana，此处指的应当是圣安娜焚风，一种通常在
冬天从加利福尼亚南部沙漠地带吹向太平洋沿岸的强
烈的干热焚风。

*

囚犯无法重获性平衡。抑郁、阳痿、失眠……性爱消散在语言、阅读、游戏、音乐与体育之中。

囚犯建立了自己的剧场，这证明他们拥有过多的闲暇时光。

一个年轻水手被迫扮演女性角色，很快成了"镇上"的宠儿——因为这时他们已经开始把自己称为一个城镇，并且选出了镇长、警察与议员。

*

睡眠是每个夜晚沉潜的深海。

黎明时分的清醒渗入进来、喘息，双眼刺痛。

*

在古代社会，"陌生人"被视为最大的威胁。

*

偷窥者是自慰者，镜子是他的勋章，窗子是他的猎物。

*

男人的生殖器是小小的面孔

构成三位一体的窃贼

以及基督

圣父、圣子与圣灵

一只鼻子悬挂在墙上

还有一双只有半个的眼睛，悲伤的眼

喑哑，没有手臂，叠加

永无止境的胜利循环。

那些枯燥而隐秘的胜利，

在马厩里争斗，在牢狱中认证，

为我们的墙壁增添荣耀

烧灼我们的视野。

对空旷之空间的恐惧

在隐秘之处繁殖这道封印。

*

像有些人那样认定电影属于女人是错误
的。电影是由男人为安慰自己而创造出来的。

*

皮影原本只限男性观看。男人可以从
屏幕两侧观看那些梦幻的表演。后来女人
也可以进入了，但她们只被允许观看影子
的那一面。

*

现代东方创造出了最伟大的电影。电影
是古老传统——皮影的新形式。就连影院也
是在模仿皮影剧场。皮影诞生在印度或中国，
与宗教仪式有关，和典礼相连，其核心是为
亡者举办的火葬。

*

电影的魅力来自对死亡的恐惧。

*

玩耍死亡时便成为游戏。

性爱死亡时便成为高潮。

*

在子宫中，我们是盲眼的穴鱼。

*

围绕身体的帝王

巴里，巴里舞者

必不摧毁我的庙宇。

探索者

把双眼吸入头部。

玫瑰色的身体

在流动中邂逅秘密

控制它的流动。

摔跤者

以身体的重量起舞

还有音乐、模仿、身体

游泳者

令胚胎愉悦

甜蜜而危险的推力之流。

*

在罗马，妓女被放在公路两侧的屋顶上展示，这是出于模糊的卫生考虑，为了释放男人潜在的欲望，它们威胁到了权力脆弱的秩序。

甚至有人说，戴着面具、赤裸身体的女贵族们，有时也会为了私欲，把自己献给那些被褫夺的眼睛。

*

现代地狱：奥斯瓦尔德*（？）杀了总统。

奥斯瓦尔德进了出租车。奥斯瓦尔德停

---

* 李·哈维·奥斯瓦尔德（Lee Harvey Oswald, 1939—1963），杀害美国前总统约翰·F.肯尼迪的嫌疑犯。在逮捕后被枪杀。

在租住的房子门前。

奥斯瓦尔德离开出租车。奥斯瓦尔德杀了蒂皮特 * 警官。

奥斯瓦尔德脱掉上衣。奥斯瓦尔德被捕了。

他逃进一座电影院。

　　　　　*

主体说："我先是看到很多东西在跳舞……之后一切渐渐联系起来。"

---

* J. D. 蒂皮特（J. D. Tippit, 1924—1963），美国警员，在肯尼迪总统遇刺 45 分钟后被发现死于一个居民区中，凶手被认为是奥斯瓦尔德。

*

炼金师在事物不可能的秩序中感受到奇
异而丰饶的对应关系。男人与星球之间、植
物与手势之间、词语和天气之间。所有这些
令人不安的联系：婴儿的哭泣与一缕丝绸；
耳郭与院子里狗群的出现；女人在睡梦中俯
下的头颅与食人族的清晨之舞。这些连接超
越了"有意志的"蒙太奇所产生的贫瘠信号。
这些物体、声音、行为、色彩、武器、伤口
与气味并置在一起，以闻所未闻、绝不可能
的方式闪耀光芒。

一根悬停在肉体上的针也可能引发异国
首都的大爆炸，电影无非就是为了阐明这种
存在的链条。

*

客体存在于清晰的眼睛与摄像机给予我们的时间之中。没有被"看见"所篡改。

*

变形。客体被剥夺名字、习惯与联系。被割裂，只成为这一事物本身，只是且只属于它自己。这种解体成为纯粹的存在，当这一过程最终完成时，客体便可以随心所欲地成为任何东西。

*

迈布里奇*的动物实验对象来自费城动物园，来自费城大学的男性表演者。女性是职业艺术家的模特，也是演员和舞者，她们在 48 个摄像机前裸体列队走过。

*

电影赋予人们一种虚假的永恒。

---

* 埃德沃德·迈布里奇（Eadweard Muybridge, 1830—1904），动态摄影先驱，以其通过一系列静物摄影机拍下的移动中的马的照片而闻名。

*

　　爱丁堡艺术家罗伯特·贝克因欠债入狱，他在牢房里读信，阳光透过牢房栏杆投射在信纸上，这效果令他心中一动，于是发明了全景画——一种凹面的透明城市景观。

　　这项发明很快被**透视缩影**所取代，后者通过抬高房屋来增添运动的幻觉。此外还有声音和奇异的灯光效果。达盖尔*的透视缩影仍然矗立在摄政王花园，这样的幸存物品极为罕见，因为那些展览总要依靠由灯光或煤气灯制造的人工光照效果，到最后几乎总是以火灾告终。

---

*

　　1832 年，格罗皮乌斯 * 以全景景观技术令整个巴黎为之震惊。观众们变成了乘坐船只参加战争的水手。火焰、尖叫、海员、溺毙。

*

　　当客体还不存在的时候。

---

* 　卡尔·威廉·格罗皮乌斯（Karl Wilhelm Gropius，1793—1870），德国画家与版画家。

*

全景幻灯、魔力灯光秀、没有实质内容的奇观。它们通过噪音、芳香、闪电与水制造彻底的感官体验。或许未来我们会来到天气剧场，回忆下雨是一种什么样的感觉。

*

电影以两种方式进化。

其一是奇观。就像全景幻灯，目标是为感官世界创造彻底的代替品。

还有一种是偷窥秀，它声称自己的领域拥有真实生活中的性爱与不受干扰的仪式，并且不需要色彩、噪音与壮丽的景象，就能模仿出钥匙孔或偷窥者的窗子。

*

电影是所有艺术形式中最集权主义的一种。所有能量与感知都被吸入颅骨，大脑勃起，颅骨因充血而肿胀。卡里古拉 * 希望他的所有臣民共用一个脖颈，这样他就可以一举将整个王国斩首。电影就是这种转换的媒介。身体的存在只是为了眼睛；它成为枯槁的茎干，支撑着那对永无餍足的柔软宝石。

---

* 卡里古拉（Caligula，12—41），罗马皇帝，因极其残暴的统治而臭名昭著。

*

电影令我们回归内心，物质的宗教，赋
予每样东西特殊的神性，在万事万物中看见
不同神祇。

电影是炼金术的继承者，情色科学的最
后产物。

*

　　炼金师在男人的性活动中发现它与世界
创生的一致性、与植物生长的一致性、与矿
物构成的一致性。他们看到雨水与土地的结合,
便将其视为性爱与交媾。这延伸到一切物质自
然的领域。他们可以描绘化学元素与星辰的
恋情,岩石的浪漫史与火焰的繁殖能力。

*

几乎没有人会为"炼金术是化学之母"这个小小的观点辩护，也没有人会把它真正的目标同外在的金属铸造艺术混淆起来。炼金术是一种情色科学，包括了现实被掩盖起来的方面，目标是净化与转换一切存在与物质。物质的操作并未遭到摒弃。炼金术的专家既通晓神秘的工作，也掌握物质的技能。

*

　　伊斯灵顿格林*的展览上，一群喝醉的人撞倒了道具，梅休†的演员和他的同伴在里面被烧死了。

*

　　如今，所有放映厅的门都是钢制的。

　　影院把光挡在外面，还是把黑暗留在里面？

---

*　伊斯灵顿格林（Islington Green），伦敦伊斯灵顿区上街和埃塞克斯路交汇处的一个地方。

†　或指亨利·梅休（Henry Mayhew，1812—1887），英国记者、剧作家，著名幽默刊物《笨拙周报》（*Punch*）的联合创始人之一。

*

浴缸、酒吧、室内泳池。受伤的领导人俯在潮湿的瓷砖上。他的呼吸和长发里有氯仿的味道。中量级拳手的身体,柔软但有残疾。他身边是受信任的记者,心腹朋友。他喜欢身边的人拥有巨大的生命感。但大多数媒体都像兀鹰一样扑向现场,为了好奇的美国风情。棺材里的摄影机采访蛆虫。

*

摄影机就像无所不见的上帝,满足我们对全知的渴望。从某个高度与角度偷窥他人:行人从我们的镜头中进进出出,就像珍稀的水生昆虫。

*

　　瑜伽的力量：让自己不可见或极度渺小。
变得庞大或触及最遥远的事物。改变自然的
进程。将自身置于时空中的任何位置。召唤
亡灵。提高各种感官的能力。通晓其他世界
里的事件，知悉内心最深处或他人心中的隐
秘，从中获取不可触知的形象。

*

　　狙击手的步枪是他眼睛的延伸。他以不
公正的视野杀戮。

*

只有一场大型谋杀，才能翻转阴影中的岩石，暴露出下面奇异的蠕虫。我们心怀不满的疯子们的生活被暴露。

*

暗杀者（？）在逃逸，受制于潜意识，如昆虫的本能一般简单，如飞蛾趋向安全的区域，逃避拥挤的街道。很快，他被温暖、黑暗、宁静的剧院之胃所吞噬。

*

在梦中，纽扣在你身体周围睡眠，如同
手套一般。在此时摆脱时间与空间的束缚。
自由地消融于流逝的夏日之中。

*

初学者，我们看着蚕虫蠕动，它们在潮
湿的叶片上

让身体兴奋，编织毛发与肌肤的浸润之网。

这是液体安定世界的模型
消解骨头、融化骨髓
毛孔像窗口一样敞开。

*

那只俗不可耐的眼睛

潜藏在丑陋的外壳之内

暴露于光天化日之下

便有了生动的光彩。

*

所有游戏中都包含死亡的观念。

*

　　1月3日，尼采在家门口看到马车夫鞭打一匹马。他伸出双臂搂住那动物的脖子，放声大哭，这是他疯狂的第一个小时。

　　他在学生时代刻意染上梅毒——用立式钢琴为妓女弹奏瓦格纳的作品——他的一生都带着混乱的病菌。当他终于绝望，无法用语言表达他的整个思想世界时，便让那些力量席卷他，把他的脑子炸得千疮百孔。

　　但在此之前，他用最后的象征性行为——他哲学的最后一章——为他的哲学画上句号，并将自己与这一行为和动物永远结合在一起。

*

在事件／活动中，满屋观众通过排气口吸入乙醚，于是这种化学物质也成了演员。它的媒介，或者说注入者是一个艺术家兼演员，他创造一场演出以便见证自身。人们觉得自己是观众，但他们也为彼此表演，这种气体以人类的身体为媒介，展现出自身的诗歌。这接近了放荡狂欢的心理，与此同时又停留在游戏的领域及其无穷无尽的排列组合之内。

这一行为是为了治愈无聊，清洗双眼，像孩童一样重新融入生命之流。它最狭窄也是最宽泛的目的是净化感知。这一事件试图让所有感官乃至整个有机体参与进来，面对只专注于较窄感觉入口的传统艺术时，实现全面的反应。

多媒体总归是悲哀的喜剧。它们就像一种色彩纷呈的精神疗法，是演员与观众之间悲哀的配对，是共同的半自慰。表演者似乎需要观众，而观看者则会在怪人秀与滑稽表演中发现类似的、温和的性愉悦，在一个墨西哥妓院里能找到更有趣、更完整的娱乐。

*

6月30日。有阳光照耀的屋顶。他突然醒来。就在那一刻，一架来自空军基地的飞机无声无息地从头顶掠过。海滩上的孩子们想跳进它转瞬即逝的阴影之中。

*

毁掉屋顶与墙壁，便可同时看到所有房间。

我们从空中捕获众神，得到他们全知角度的凝视，却没有获得他们高高在上之时曾经拥有的深入心灵与城市的力量。

*

一切都模糊昏眩。皮肤肿胀，肢体的各个部分之间不再有区别。一种威胁、嘲笑、单调的侵入之声。是被吞噬的恐惧与诱惑。

*

意象诞生于失落。失去了"友好的广阔区域"。胸部被除去，面孔呈现出冰冷、好奇、强迫与不可测知的表情。

*

你可以从远方享受生活。你可以观看事物但不去品味它们。你可以只用双眼去抚摸那位母亲。

*

　　房间在风景之上移动，将思维连根拔起，惊人的景象。一层灰色的薄膜从眼睛上融化，顺着脸颊流下来。别了。

　　现代生活就是乘坐小汽车旅行。散发恶臭的座椅上，旅客不断改变，或者从一辆车子走向另一辆，隶属于持续的变形。不可避免地向着起点前进（终点没有任何区别），我们穿过城市，城市破碎的后部呈现出移动的画面，由窗口、路标、街道、建筑组成。有时候还有其他车辆、封闭的世界、真空，也在旁边移动，要么超过我们，要么彻底落到最后。

*

电影是被人工授精的死去的图片的集合。

*

认为艺术需要观众才成立是错误的。胶片没有任何目光的注视也能放映。没有电影就不存在观众。它保证了他的存在。

*

　　每部电影都要依赖其他一切电影，并引领你走向其他电影。电影曾是一种新奇的科学玩具，直到充足的作品聚集起来，足以缔造出另一个断断续续的世界，一个强大的、无限的神话，人可以随心所欲地沉浸其中。

　　电影有一种无时间限制的幻觉，这是由它们有规律的、不可战胜的外观所培育出来的。

*

你不能触碰那些幽魂。

*

电影发现了自己最钟爱的同类，不是绘
画、文学或戏剧，而是那些流行的消遣——
漫画、国际象棋、扑克和塔罗牌、杂志与刺青。

*

　　电影不是来自绘画、文学、雕塑与戏剧，
而是来自古代流行的巫术。它是阴影进化史
的当代呈现，看到图画会动所带来的快乐，
以及对魔法的信仰。它的血统与祭司和召唤
幽灵的巫术交织在一起。起先只需要镜子与
火焰的帮助，男人就可以从心底隐秘的区域
召唤出黑暗与秘密的拜访。在这样的降神会
上，模糊的影像就是驱逐邪恶的精灵。

*

电影观众是沉默的吸血鬼。

*

偷窥者、窥阴癖、窥淫癖，他是阴暗的
喜剧演员。在黑暗的匿名之中，在秘密的入
侵之中，他的嘴脸如此丑恶。他的孤独如此
可悲。但奇异的是，通过同样的沉默与隐匿，
他可以把视力所及范围内的任何人都变成他
无知无觉的同伴。这是他的威胁与权力。

＊

　　世上没有玻璃的房屋，一旦窗帘落下，
"真正的"生活就开始了。有些行为不可能
在公开场合做出。那些秘密的事件就是偷窥
者的游戏。他通过千万道视线去捕获它们，
就像孩子们心目中无所不见的神祇。"一切
吗？"孩子问道。"是的，一切。"他们回答。
然后孩子就得去应付这个神圣的闯入者。

＊

　　早期电影制作者就像炼金师，在任性的
匿名之中为他们的技艺而喜悦，不愿让亵渎
的旁观者看到他们的技巧。

＊

分离、净化、重组。这是《阿尔斯·马
格纳》*的公式，它的后裔就是电影。

＊

电影是一种雌雄同体的机器，一种机械
的两性共生物。

---

* 《阿尔斯·马格纳》(*Ars Magna*)，一部由文艺复兴
时期的意大利学者吉罗拉莫·卡尔达诺 (Gerolamo
Cardano) 创作的关于代数学的拉丁文著作。

*

用妓女的唾液治疗失明。

*

炼金师在反驳中重复大自然的工作。

*

通过吸收和内化的方式与"外部"达成
妥协的冲动。我不会走出去，你必须进来找
我。走进我的子宫花园，我就在那里向外窥
看。在颅骨中构建一个宇宙，借此对抗真实
的世界。

*

　　我们或多或少都受偷窥心理的影响。不是严格意义上医学或犯罪的那种，而是在我们面对世界的整个心理与情感姿态之中。每当我们想要打破这种被动的咒语时，我们的行为就残酷而笨拙，通常也带着几分淫秽，就像残疾者忘记了怎样行走。

*

　　安达卢西亚的婊子。这是什么意思？这位艺术家的手割开了她的眼球。云之剃刀在月亮上划来划去。宇宙的话语。他割开了视觉的肿块。

*

温和的占有，没有危险，最起码是无菌的。只要有了一个意象，就不会有随之而来的危险。

*

她说："你的眼睛一直是黑色的。"瞳孔张开，捕捉视野中的物体。

　　　　　＊

　　扑克牌。独自玩牌的人。他给自己发牌。
把过去的静止变为永无止境的排列组合，洗
牌，然后重新开始。再一次排列图案。再一
次排列。这游戏显现出真相以及死亡的萌芽。

　　　　　＊

　　世界成为一种纸牌游戏，表面上是无限
的，但也可能是有限的。图像的排列组合构
成了世界的游戏。

*

我们都居住在城市里。

城市构成了一个循环，通常是物质上的，但也不可避免地是精神上的。一个游戏。死亡之环，性爱居于它的核心。开车来到城市郊区。在边缘发现世故的罪恶与无聊，儿童卖淫。但在这紧密包裹着光天化日之下商业区的污秽圆环里，有我们种群唯一真正的群体生活，唯一的街头生活与夜生活。廉价酒店、便宜的膳宿房、酒吧、典当行、滑稽歌舞与妓院里的病态标本，在垂死挣扎却永远不会真正死去的拱廊、在街道、在有通宵影院的街道。

*

　　城市的诞生要付出什么样的牺牲与
代价？

*

　　观看者是一头垂死的动物。

*

　　通过口技、手势、道具，乃至身体在空
间里的各种奇异动作，萨满向观众们暗示自
己的"旅行"，观众们也得以同他分享。

*

召唤幽魂、解除苦痛、驱逐亡者、夜夜无休。

*

降神会的原则就是治疗疾病。一种情绪或许可以压倒整整一个人群，他们或身背历史事件的重负，或是在恶劣的环境中等死。他们想从噩运、死亡与恐惧中解脱出来。寻求灵魂附体，神祇与力量的拜访，从魔鬼附身者那里重获生命的源泉。这种治疗是从精神的狂喜中剔除出来的。治疗疾病或预防疾病再临，让病人重获健康，取回失窃的灵魂。

*

　　在古老的俄罗斯，出于自身或是某个顾问的狡黠，沙皇决定每年都从囚犯中选择一人，赐予他一个星期的自由。人选完全由囚犯们自己决定，并有几种不同的决定方式。有时候是投票，有时候是抽签，通常都是凭借武力。显然，被选出的必然是一个有魅力、有男子气概、有经验的人，通常还很有说话技巧，一个充满可能性的人，换言之，一个英雄。自由时刻之下极端的情景与极端的选择，这种打击乐定义了我们的世界。

*

　　众神。超越我们知识范围与控制能力的
事情发生了。我们的生命是为我们而生。我
们只能尝试奴役他人。但是特殊的观念渐渐
开始发展。"众神"的观念开始在某些头脑
中形成。我们应当把他们招募到感知者的行
列中来，当他们在夜间神秘显现之时，让他
们进入迷宫。众神拥有秘密的入口，他们知
道伪装。但他们在一些小事上暴露了自己。
眼中有太多光辉闪烁。一个错误的手势。太
过长久与好奇的凝视。

　　众神用图像来愉悦我们。他们给我们书
籍、音乐会、画廊、演出与电影。特别是电
影。通过艺术，他们让我们困惑和盲目，无
法觉察到被奴役的状态。艺术装点着监狱的

墙壁，让我们保持缄默、分心与冷淡。

*

不再有被附身的"舞者"。男人分裂为
演员与观众，这是我们时代的核心事件。我
们迷恋英雄，他们代替我们生活，而我们惩
罚他们。如果所有广播与电视的电力来源被
剥夺，所有书籍与绘画就会在明天被焚毁，
所有剧场和影院也会关门，而各种通过间接
体验而存在的艺术……

我们满足于感知探索中的"给定"。我
们原本是山坡上疯狂起舞的身体，如今变形
为黑暗中凝视的眼睛。

*

迟钝的狮子卧在水岸旁边。
宇宙跪倒在沼泽中
在人类意识的镜子里
好奇地凝视原始的形象
那是自身腐朽的姿态。

空无的人类之镜，吸收，
对待任何观者都无动于衷
只保有自己的兴趣。

通向另一侧旅途的大门，
灵魂在大踏步中获得自由。

在新死者的房屋
把镜子变为墙壁。

*

没什么。只有外面的空气
焚烧着我的眼睛
我要把它们取出来
除掉那阵灼痛

*

　　降神会由萨满引领。以药物、吟唱、舞
蹈刻意诱发感官的恐慌，把萨满抛入恍惚状
态。他的声音变了，动作如同痉挛。他像疯
子一样。他们的精神病倾向精准地决定了这
些职业的歇斯底里，这曾经一度受到敬仰。
他们在人类世界与灵魂世界之间冥思。他们
的精神之旅构建了部落信仰生活的核心。

自 述

　　我在加州大学洛杉矶分校的电影学院完成了"众神"的大部分内容。这实际上是一篇关于电影美学的论文。那时候我还没有能力拍电影，所以我能做的就是思考它，书写它，这部作品可能反映了很多这种思考和写作。比如里面有很多关于萨满教的段落，几年后被证明是很有预言性的，因为我在写的时候不知道后来我会这样做。

　　"众神"有很多内容是关于人们在面对现实时的无力感和无助感。他们无法真正控制事件或自己的生活。有什么东西在控制着他们。他们最接近可控的东西就是电视机。

在创造"众神"这个概念的同时，它也颠覆了自身。现在，对我来说，"众神"意味着完全不同的东西。我无法解释。这有点像相反的意思。不知怎么的，"众神"是一个浪漫的种族，他们找到了控制环境和控制自己生活的方法。他们和其他人有些不同。

新生物

The New Creatures

*

I

蛇皮外套

印第安人的眼睛

漂亮的头发

他不安地移动身体

尼罗河的昆虫

空气

II

你们在温和的夏日里招摇而行

我们看着你们急不可待的枪支在破损

你们的荒野

你们生机勃勃的空地

暗淡的森林在光明边缘

衰败。

你们更多的奇迹

你们更多的魔法武器

III

在贫瘠的牧场痛苦地吃草

动物的悲伤与日间睡床

鞭打。

铁幕被撬开。

精心制作的太阳暗示着

灰尘、刀子、声音。

在荒野呼号

在高烧中呼号，接收

阿兹特克国王的梦遗

IV

河岸杂草丛生

充满温暖的绿色危险。

开启封闭的运河。

惩罚姊妹可爱玩伴的痛苦。

你们要我们对其他人也这样做吗？

你们可崇拜我们？

你们什么时候回来

是否还想同我们一道玩耍？

V

倒下。

奇异的神祇以快速的敌人姿态出现。

他们的衬衫柔软

用布匹和毛发制成。

他们的手臂戴满装饰品

掩盖着比血液更蓝的静脉

假装欢迎。

与温柔的、蜥蜴般的眼睛对视。

他们如干枯昆虫般的柔和声音，

在恐惧主宰的地方，竖立起新的恐惧。

他们的皮肤上发出性感的沙沙声。

风吸走了所有的声音。

把你的见证刻印在被惩罚的土地上。

   VI

伤口、雄鹿、箭矢

被掩盖的闪亮双腿

跃入安静的女人当中。

池水中的人极为服从

神奇的洞穴值得劫掠。

散漫无谓的洗劫之舞。

男孩们奔跑着。

女孩们尖叫着倒下。

空气中烟雾弥漫。

死亡的皲裂线

在血池中起舞。

VII

蜥蜴女人

有着昆虫的眼睛

有着疯狂的惊喜。

温暖的沉默之女。

毒液。

转过身去，断续哀吟出的智慧。

那双从不眨动的盲眼

墙后有新的历史升起，

咆哮哀号着醒来

在那怪异的梦之黎明。

狗躺下睡去。

狼在嗥叫。

从战争中生还的生物。

一片森林。

伐木的沙沙声，阻塞了

河水。

VIII

蛇、蜥蜴、昆虫的眼睛

猎人生涩的服从。

快，趁新鲜，上菜

偷偷蛰伏，

碾碎温暖的森林，让它躁动不安。

现在轮到山谷。

现在轮到糖浆般的发丝。

刺痛眼睛，拓宽天空

在头骨后面。

迅速结束狩猎。

抱起肿胀撕裂的胸膛

染血的咽喉。

猎犬得意扬扬。

带她回家。

带着我们姊妹的尸体

回到船上。

*

一双翅膀

崩溃

宿命的狂风

塞壬女妖

笑声与年轻的声音

在群山回响。

*

圣人

黑人，非洲

文身

时间般的双眼

*

建造临时住所、游戏

以及会议室，在那里玩耍、躲藏。

第一个直立的人，变换了姿势

视觉的萌芽

在他的头颅中展开旗帜

愈来愈快了，头发、指甲、皮肤

慢慢地转变，旋转着，在那
温暖的水族缸，温暖的
轮子旋转。

穴鱼、鳗鱼和灰色蝾螈
归还它们晚上的睡眠经验。

那种蠕虫动物没有了视觉的概念
海洋就是它的土地，
眼睛就是它的身体。

　　*

从理论上来说，分娩
是由孩子离开子宫的渴望所驱使。
但在照片里，一匹未出生的小马
颈部向内收缩，四腿向外伸开。

从这里开始了一切:

从乳房吞咽乳汁
直到乳汁干涸。

从边缘压榨财富
直到泳池索取它。

他吞下种子，他的骄傲
直到嘴角发白

她吮吸着根部，担心
世界吞噬孩子。

当我死去之时
大地可会将我吞没，抑或海洋

假如我死在海上？

　　*

城市。蜂巢、网络，或被切断的
虫丘。所有公民后裔
来自同一个皇室家族。

被囚禁的野兽，神圣的中心，
城市中心的一座花园。

"看过那不勒斯就死去。"
跳上船。老鼠，水手
以及死亡。

许许多多的野鸽。
动物生了各种新疾病

"只有一种疾病

我就是它的催化剂。"

悲惨骄傲的带菌者喊道。

战斗、跳舞、赌博,

酒吧与影院兴盛一时

在这个焦灼的夏天。

    *

残酷的命运

从后面看,赤裸身体的女孩,

在自然之路上

朋友

探索迷宫

——电影

年轻的女人被遗弃在沙漠

一座因高烧而疯狂的城市

　　＊

独角兽的姊妹，跳舞

金字塔的兄弟姊妹

跳舞

支离破碎的手

过去的故事

神圣之池的发现

变化

被安抚的婴儿哭泣

野狗

圣兽

找到她!

*

他去看那个
贫民窟的女孩
黑暗野蛮的街道。
小屋用蜡烛照明。
她是魔术师
一位女先知
女巫
身上是过去的服饰

一切都已排列就绪。

星星

月亮

她能通过掌纹

读出你的未来

*

墙壁是鲜红的颜色

楼梯

极和谐的尖叫

她得到征兆。

"你也是"

"不要走"

他逃走了。

音乐更换。

求偶的洞穴。

"救赎"

想绕着圈跳跃。

黑人暴动。

*

敬畏隐藏在我们中间的主。

主就在我们当中。

因懒惰和怯懦而生。

*

他跟我说话。他的笑

令我胆战心惊。他牵着

我的手，引我穿过

寂静，进入冷冷低语的钟。

*

一群年轻人

穿过一片小树林

*

他们在拍摄什么东西

在街上，在我们的房子

前面。

*

走向暴乱

它波及一座座房屋

与草坪

人们四散奔跑

令它突然显得

生动

*

我不明白他们

对那个女孩做了什么

一群仁慈的人

他们唱一首狂野的歌

并且砍掉她的手

钉在一棵鬼魂

树上

我目睹一场私刑

遇到一群奇怪的男人

来自南方的沼地

他们谈起柏树

鱼的呼唤和鸟的歌声

根源和迹象

来自所有的知识

他们碰巧在那里

通往白色神祇的

指引。

*

一座武装营地。

陆军军队

在盛宴上

燃烧自己

*

豺狼，我们抽着鼻子，寻找旅行队的幸存者

我们在战场上收割血腥的收成。

所有尸体都不能填饱我们干瘪的肚子。

饥饿驱使我们循着香味而去

陌生人、旅行者，

透过我们的眼睛，

看到古代狼犬的可怕嗥叫。

*

骆驼商队

为恺撒做见证。

部落爬进并且渗入

墙壁之内。街道上

到处都是石头。生活继续

吸收战争。暴力

摧毁了无性的圣殿。

*

可怕的喊声成为旅行的

开始

——他们早点迁徙就好了

——一个女人站在

高高的山顶上

发出一声尖利的

动物般的哀号

——细铁丝网

在头脑中

分割心灵

*

偷偷地

他们微笑着

迷人的——微笑

恶灵

离开！

邪恶

离开！

不要来这里

离开她！

一个生物正在哺育

它的孩子

柔软的手臂环抱着

孩子的头和脖子

连接着的嘴巴

别动这孩子

这孩子是我的

我要带她回家

回到雨中

*

刺客的子弹

嫁给国王

越过几英里的空气

亲吻王冠。

王子浑身是血。

献给颈项的颂歌

那是为强奸

准备好的礼服。

*

癌症的城市

城市的秋天

夏日的悲伤

老城区的公路

汽车里的鬼魂

电子阴影

　　*

恩塞纳达 *

死去的海豹

狗被钉上十字架

太阳下死去汽车的鬼魂。

停下车子。

雨。夜。

感觉。

---

*　墨西哥西北部临太平洋的一座城市，是个观光胜地。

*

海鸟与海上的呻吟

地震在窃窃私语

焚香迅速燃烧

喧闹地升起

蜿蜒的道路

通往中国的洞穴

风之家

哀悼之神

*

城市沉沉睡去

不快乐的孩子们

和动物一起游荡

他们好像在和

他们的朋友说话

那些狗

教会他们跟踪。

谁能抓住他们?

谁能让他们

进来?

*

夜半时分

住帐篷的女孩

偷偷溜到井边

与情人相会

他们聊了一会儿

笑了起来

然后他就离开了

她在自己胸前

放一个橙色的枕头

到了清晨

首领撤回了部队

在地图上筹划

骑手们站起身来

女人们把绳子

系紧

帐篷已经折好

我们向大海进发

＊

关于恐怖的目录

对自然灾害的描述

神圣走廊中奇迹的目录

神圣运河里鱼类的目录

房间内物品的目录

圣河中物品的目录

*

I

柔和的阅兵仪式在日落时
开始。
汽车雷鸣般地开到
峡谷。
时候和地点都刚刚好。
汽车隆隆而来。
"你有一台很酷的机器。"
发动机野兽们
温和地低声
交谈。两年后的
夜晚
再次

听到它们安静的声音

令人喜悦。

现在，柔和的阅兵式

很快就要开始。

黄昏的宁静之中

那些清凉的水潭

在疲乏的土地上沉没

云层变弱

消失。

太阳如橘黄色的头骨，

静静低语，变成一座

岛屿，然后消失。

他们在那里

看着

我们，一切

都将化为黑暗。

光线变幻着。

我们能感觉到

陷在没膝深的颤动空气之中

当轮船继续前进时

火车紧随其后。

敞开的战壕

再次出现在营地。

淋病

叫那女孩回家去

我们需要一个

杀戮的见证者。

II

地狱的艺术家们

在公园架起画架

可怕的风景，

市民们发现焦虑的快乐

被年轻的野蛮团伙捕食

真不敢相信会发生这种事

我真不敢相信所有人类

互相闻嗅着彼此

向后退却

露出牙齿，

毛发直竖，咆哮

在被屠杀的风中

我是幽灵杀手。

见证了所有被赐福的许可

就是这样

没有更多乐趣

所有欢乐的死亡

已经来临。

你怎敢

否定我的

力量

我的善良

或是宽恕？

试一下

你会像其他

神圣的人

那样被煎熬

我不会为你

花一分钱

抽出哪怕

一丁点时间

幽灵般的孩子

来到

这个可怕的世界

你是孤独的

不需要别人

你和这个孩子的母亲

她生养你

给你断奶

使你成为男人

III

照相亭杀手

脆弱的强盗

来自伏击

杀死我！

杀死你内心的

孩子。

杀死令人深思的

充满欲望的参议员

是他把你带到这个国家。

杀死憎恨

杀死疾病

杀死战争

杀死悲伤

杀死邪恶

杀死疯狂

杀死照片妈妈谋杀树木

杀了我。

杀了自己

杀了那个瞎了眼的精灵。

*

美丽的怪物

吐出一串手表

钟表、珠宝、刀子

银币和铜血

时间和麻烦的源泉

威士忌瓶装香水

刀锋与串珠

液体昆虫锤子和细钉

鸟的脚，老鹰的羽毛和爪

镀铬机器零件

牙齿、头发、陶器的

碎片和头骨

我们时代的遗物

湖边的残骸

闪闪发光的啤酒罐，锈迹和

经血颜色的毛皮

在破碎的骨头上

裸舞，双脚流血，

染红玻璃碎片

覆盖你的思想

真空的干燥一端

人们乘船在

平静的池塘抛下鱼线

从深水钓出古老的鳟鱼。它那

坚硬的鳞片泛着绿色光泽

一把刀被偷了。一把

珍贵的狩猎刀

被另一个营地

一些奇怪的男孩偷去

在湖那边

*

I

这是我们的朋友吗
在议会的平静山谷中
奔跑并且战栗

我的儿子不会死于战争
他会回来的
东方麻木农民的声音
渔夫

上次你说
这是唯一的办法
温柔的少女声音

奔跑和叫喊

被感染的绿色

丛林

查阅神谕

苦涩的小溪

爬行

他们依靠雨水生存

猴子之爱

咒语伴侣

白兰地生产者

毒药群岛

毒药

拿起一小棵

来自南岸的

邪恶的

蛇根草

奇迹的出路

会找到你

直升机燃烧起来

内部的咔嗒声，肯定

炸掉了什么，把定时炸弹

从麻风病的土地上

清除出去

带着饥饿以及

对法律的执着去找寻

请你

让我们看看你邋遢的头发

和满含笑意的眼睛

在火焰中保持平静

一件丝绸花朵衬衫

在眼睛边缘，活的

蜘蛛般的，遥远的

控制器谎言

来吧，冷静的人

进入生活的试炼

已经像个妻子

潜伏、革质、宽松

无法无天、身形高大、无精打采

她是王国的呼叫

淫荡的军团

心灵的男人

你的礼貌都到哪儿去了

在阳光下

沙漠

无边的尘埃星系

仙人掌刺、珠子

漂白的石头、瓶子

生锈的汽车，储存起来等待修整

新人，时光战士

小心翼翼地穿过

曾经是坟墓之城的

拥挤的废墟，

现在成了老鼠和昆虫的

避难所，现在

变得滑稽可笑

他住在车里

在冰冻的学校里

毫无成果

在服从的阴影中

找不到空间

监视器都沉默了

巨大的沙砾岗楼

在西边的海滩厌倦

看够了

要是只剩一匹马

在荒原上驰骋

旁边是一条狗

嗅着被锁在广场柱上的

荡妇

再也没有争吵

在床上，在夜晚

黑暗在燃烧

凝视镇上的客厅

那里有个女人

穿着欧式长裙

跳起精彩的华尔兹

统治一片荒原

可能会很有趣

II

樱桃棕榈

可怕的海岸

还有更多

以及更多

我们所知道的是

在学校制作的

关于未被宽恕者的文本中

一切都是自由的

欺骗的微笑

承受极大困难的

是那些几乎再也

无法忍耐的人

但是一切都会过去

躺在绿色的草坪

微笑、沉思、凝视着

她的光滑

她长得就像

一个爱上了

骑士的

王后

那不是很愉快吗

先生，这种了解

难道不是一种

任性随意的

回头一瞥

1968 年 7 月 24 日

美国，洛杉矶

自 述

写"新生物"的时候，我还很天真。它并不是源自对宇宙的任何伟大认识。这是一本非常天真的小书，但是不知怎么的，其中很多内容都能成立。

我有一本关于蜥蜴、蛇和爬行动物的书，它的第一句话深深地打动了我："爬行动物是宏大祖先的有趣后代。"关于它们的另一点是，它们完全是一种时代错误。即使明天世界上所有的爬行动物都消失了，也丝毫不会改变大自然的平衡。它们完全是一个随意的物种。